ÁCAROS QUE DEPOSITAM FLORES

LEONARDO BACHIEGA

ÁCAROS QUE DEPOSITAM FLORES

Curitiba | 2019

KOTTER EDITORIAL

Coordenação editorial: Sálvio Nienkötter

Editor executivo: Raul K. Souza

Editora adjunta: Maria Luiza Carvalho

Produção: Cristiane Nienkötter

Projeto gráfico e editoração: Jussara Salazar

Dados Internacionais de Catalogação na Publicação (CIP)

Angélica Ilacqua CRB-8/7057

Bachiega/Leonardo

Ácaros que depositam flores /Leonardo Bachiega– Curitiba: Kotter Editorial, 2019.

102- p.

ISBN: 978658010350-8

Poesia brasileira. I.Título: Ácaros que depositam flores

19-1578 CDD B869.1

Kotter Editorial
Rua das Cerejeiras | 194
82.7700-510 | Curitiba | Paraná
+55 (41) 3585-5161
www.kotter.com.br | contato@kotter.com.br

KOTTER EDITORIAL

Esse nome é: o oceano! O medo que lhes inspira é tamanho

que te respeitam. Apesar disso, fazes valsar suas mais pesadas

máquinas com graça elegância e facilidade.

[Lautréamont]

LUGAR ABERTO

o sol ensina o único caminho

[Al Berto]

você ainda não leu os ossos

o chão é sério
formigas rasuram de tanto trabalhar
a cortina parece um fole
se o ar tem uma caixa harmônica
e um tórax
se você desalinhar a métrica
você diminuirá a saudade

saudade

o ouro festivo do mar
não deixa notícias a ninguém
sacia olhares de caverna assustada
único lugar onde comunicamos

o pomar de um espírito
aprendendo
jardinar inventos
ao eterno compasso das vãs

pequeno

um homem vestido apenas
de iodo
se depara
tuas frestas sensíveis licores de luz
tinham medo de se perder
o carvão seria nanquim
cílios cinturas aéreos sonhos
um tributo à cor

baseado na amoreira

mudaram a água de lugar
não há mais um oceano aqui
ilusão encontrará felicidade
em alguma outra alquimia
o trabalho ainda é bom
a tarefa tem a lírica de uma geada branca
é fria
o que lamentamos
não é caminharmos
no espaço onde caiu uma pedra de urânio
até aperceber -se de brim
a alegria de um sonho
em uma outra gaveta
caberia
vergar - se
em folha de indefesas crinas

a água é invisível

anoiteceu de uma luz desigual
estrelas faziam xixi
a noite tinha a aparência de um aquário
era transparente como um cemitério de arraias
a mulher só viu que havia um peixe no céu
quando sombras lançaram o arpão
não se podia dividir as águas
como outra vez
mas a transparência
era um chapéu de aba maior
a transparência que não é lucidez
é um mecanismo
que faz o tempo se afastar

a gravidade brinca com os corpos

seca – se o alpiste com a gaze
lava – se os olhos com vinagre
com o esparadrapo veda - se o vazio das mãos
para que não derrame mais consciência
os amantes têm pensamentos
semelhantes a rotação dos astros
a face do mar é a mais profunda lua
a superfície dá asa ao humanista

trinta e sete anos

agora que minha mente
adquiriu o azeite
e as monções em um peito
de acrílico
fazia certo ver
o vento sumir
o coração força
quando há muito
mais fronteiras
os pés soletravam – se
cheios de paisagens
cerrava – se
entre fechar e abrir
como se respirassem
as pálpebras
um eremita
ouvindo cores primárias
a impressão de que o arco
é a menor distância
porque assim é com o sol

próximo ao atropelamento

lê – se a alma lentamente através dos braços
a uma pedra morena
e com suas passagens sobre alguns sítios
interceptar a vastidão
interpreta como se tocasse um viajante o remorso
crê – se fielmente que é bonito e vulnerável o ócio
de procurar cidades antigas

a respeito de um fugitivo

lembra – te

o calor protege os corpos das fabulosas açucenas

não amar os objetos

apenas a travessia ao silêncio

suspeite das ilhas que nascem da boca

suspeite que docas aflitas cismam escuras às fotografias

e sorvendo indefesas criaturas alivia o apreço

ficou um século embarcando linho branco dentro das pessoas

dentro de salas vazias fere – se da perfeição

sabe construir o néctar de uma infância no coração

por isso tem a consciência solitária

e morre imobilizado pela eternidade

de alguma forma

a água estava perfeita como uma rua
e saia dos teus olhos
não uma lágrima
mas sentar – se perto do mar
que um plano quebrado por uma onda
se dizia uva
e raízes ancoradas no céu
se conheciam

pano e lenço

cada chuva que tinha corbusier
o dia toma um novo canal modigliani
paciência às palavras manufaturadas
uma menina de veias quebradas
benze no aguaceiro suas criaturas
os olhos sentados molhando o tempo

por dentro da cela mil anos

limpei – me
um papel de guardar recordações
nódoas longas espalhando assuntos primitivos
nas marcenarias
alguém preso a um capítulo
pregando notas sentimentais no luar
eu suscetível
brincava formigas no cafezal
como se fosse fácil provar tapeçarias antigas
observo um homem com tronco de ave
calcular as sombras do mundo
em objetos de amor delicado

enfeite

úmidos soldados pregando alfaces na parede
como se fossem crianças estimadas esculpindo estrelas
como se a história impusesse novas correntes
para o teu recomeço
legítimos jabutis buscando por alimentos
trafegam teus pensamentos
que são lentos porque lembram uma solidão
de quem ausente de palavras próximas
sugere um inverno de algas

retrato bem assinado

árvore
também cidade
pingada desenhada
faminta um galho
inicia insólito pulmão
compreende
qualquer favor é
uma pessoa
começando

andante

o tempo dava a volta e tinha uma enseada
do outro lado um céu trabalhoso
como uma mosca
era preciso respirar rente a terra
não saber bem se era a ponta
da esferográfica que beijava a chuva
e de que guilhotina era feita
a fisiologia mole dos viadutos
só percebi depois o quanto meus pensamentos
continham algodões
o quanto era preciso
anunciar teu nome solfejando os olhos

os muros não protegem

toda hora o gesso espalha na parede a muda
simetria do teu abrigo

Composição

para Geamille Rissato

o horizonte a prumo esfarelava níqueis
um sorriso marítimo pesava
numa das faces amoras singelas
estado de graça era sentir os bilhetes do vento
limos desprendiam dos pés
e a fotografia emoldurava
tua argila
a nítida ausência de uma tinta
abandonava na alma um mineral

surpreendi – me dignamente com as dálias

os homens plurais demais
dedicavam – se a construir fósforos
que em algum amor acendia eternamente
clareira
a amônia de um pensamento
remove sobras
do que quaisquer olhos persistentes
fechavam
os olhos estirados empurraram montes
e desmaiaram em círculos mudos

bonito como a casa que encosta o chão

...

seria triste morrer pela falta do gesto
que tanto procura e que por ser
leve como o ar
é insignificante
e por isso não conseguimos
ver

...

se com uma malha
aragem espaço
um ponteiro deitar uma natureza sem fim
resíduos de saudade farão
buracos nas nossas vestes
que como o ar
não se refazerão
um sudário de malvas
eu abriria para ti

fosse possível fazer

se eu soubesse viver escorado
em países humildes
terras desiguais
um bairro de aparência difícil
substantivos indiferentes
se fosse fácil andar na
geometria aleatória
das horas

podia ter chuvas olhando

quando a vida está quieta
e se transforma em um aceno
purifica sinal coração de flanela
sob tua fala peneirando
amor dos grãos raízes rasteiras
colocar um anjo
no nariz de basquiat
de outro modo
terminar um pensamento
de razões certeiras

fantasma

guardo cartas de estimações
que por demais severas
são suas letras esqueléticas
parecidas a vultos
só desejariam um carinho sequer
serem escritas na palma da mão

sobre os caminhos

porque são mais delicados
que a água
ah meu passado lembra passarinhos voando
e mora dentro de adjetivos
se fosse possível chorar
bolinhas de plástico coloridas
eu arremessaria algumas para as crianças e os mendigos
seria mais raro que a migração do oceano

queria lhe fazer perguntas ingênuas

a chuva que se pendura
em qualquer janela
como qualquer lugar
que olha para dentro
e que alguém está lá
enumerando – se
ouvindo
a margem se separar

fratura

a febre boquiaberta o céu
era uma embalagem de estrelas
parecia um gato engraçado no meu colo
funcionava como resina e verniz
e envelhecia conforme camarões noturnos
um tufo de grama molhada
um caldo que se esticava
e sonhava ele frutos mordidos
e baldes que se atracavam nos poços
por trás disso sua espessura esquecida

as lições das margens

não é fácil compreender a pedra
só os rios o fazem e quando
nasce de uma cidade
esquecer palavras quase
nas cidades areias
onde amar é uma pesquisa
arqueológica

móbile

não se trata de encher o lírio
encomendar a hóstia a um rouxinol
se um santo um andarilho pudesse
depositar esculturas aéreas
na fadiga
as palavras poderiam ter degraus
dói um pouco contradizer montanhas
mas se concordar fosse o sonho
dos astros
olhar ornaria frases com anel

não há mais cerimônia

o céu com o seu útero mordido
encardia uma folha
os canais guardavam a mão
e da erosão trazia a oliveira e o frio
nada que na noite não caia
o meteoro tinha a fisionomia
do que os teus olhos pensavam

o abrigo escorre que nem uma parede de ideias

o espaço humano de uma
persiana entreaberta
rende devotamente luz
perdida no chão
como se fosse uma cesta
de piquenique
dorme como se desabrigasse
a origem
é o seu mosaico
e adeus

é importante deixar as grafias marinarem

as coisas mais transparentes
se desfazem na claridade dos dedos
ao se molhar de mutação
se repetir
igual as ruas
que são desiguais sem querer
como um punhado de oficinas
escolhi metade do mar
apaguei o canavial para curar
as doenças que fiz a
geometria da folha
se esgueirava à beira agarrava a mão
até cair
essa folha uma que alguém desejava

quem sabe quem a rejeitou

possuir a física
poder dilatar o tempo
pessoas jamais que
insistem em ser cidades
tremem
à pequena lapiseira
torna – se um pouco edifício
menor que uma lagarta

regra para curar a solidão

um dia com a radiação dos teus dedos
entendi que molhar as pontas das raízes na tinta
serve para desenhar o raio – x dos teus olhos
e a curva tem o perigo das águas vivas
tua mão tem o cheiro das telhas e dos casarões
uma a uma tomei a sujeira das estrelas
por isso vejo mais uma no chão se tornando
ao que sabes fazer
construir malmiqueres com a silhueta
dos teus ombros
e assim vencer o sol

quando o ovário de uma estrela resmunga

o céu quando caminha
fabrica mais terra
as estrelas são uma construção
e quando tiverem face
e uma nota musical
e a cidade quando se mostrar inteira
e lapidar
irá partir certeira
como uma lama pingando no vento
e nós
ficaremos apenas nó
ao invés de
gato

um pouco

tudo era cor de piche
uma janela jogava conversa fora
uma estrela prolonga a voz
a mulher encharcada de cartas brancas
mastigava folhas de papel ao chorar
um sábio que explicava a vida
pesquisando rachaduras na parede

as nuvens franziam os olhos

ensaboaram o tempo com o que
agora é há muito tempo atrás
o dia perdeu as pernas
caminha igual um pano
e como devagar
era o sol
algum nevoeiro caia
por dentro de alguma rua
como um retrato
cabia dentro línguas silenciosas
que eram menores
que a sua própria importância

coisas para se fazer com dinheiro

criei algo novo hoje
um menino protege a uma ilusão
depois seca ao tempo até envelhecer
teu rosto fora impresso pelos penhascos
teu jeito se agita
como um lenço na estação

um cego entende o horizonte
disse o menino
nada como imaginar
a tua única frase

distinguir as cascas caídas
um travesseiro de desejos
mornos

escândalo

se a amplidão fizesse terra
construiríamos alicerces
de um dia profundo
igual a água e a procissão
mesmo a água
dentro de uma garrafa em milênios
carrega poeira necessária

desenho

amor íngreme
não esticará cidades relevos
de qualquer rua
o sentimento preferido
se assemelha a um traço
no seu jeito
estreito

uma janela de povoados e lentidão

tenho a respiração clareada
como se não precisasse de penínsulas
o tempo fez meu coração pegar
o formato das baías
por isso
vivo radiografando o rosto maduro do litoral
uma vez pisei o silêncio
descobri que amar não é mais um assoalho
é apenas este lugar
esquisito

filtro

o mar não te olha mais
como um dia correto
um coração nadador
atleta trabalhoso
como um século
que corria mais
nos veios tecidos
e vazios desabitados
de carnes
e braços burocráticos
não gravavam o vento
isso também acontecerá

aprendendo a ler

o dia fazia meditação
inspirava e expirava o ar
uma praça cosmopolita
estudava psicologia humana
se a casa alguma vez se demorar
e a cal parecer búzios usados
e o leito de onde se parte
essa criança
é parte do descanso
que dos teus pés
pari
                    a primeira paz
                                dos anos

um pedaço de sopro marinho

você usou celofanes para fazer
as cordas vocais
fala como se tivesse uma aurora boreal
é engraçado o céu a noite
parece um imenso buraco
onde estaríamos escondidos
parece que a noite está lavando
a claridade na manhã
e como se dissesse o tempo
um besouro enrolado no éter
e diz que não

reforma intima

de lavandas de plantação
que um terreno ondula
igual um punhado de rufles espalhados
igual a chuva quando se mexe
perfilei sua anatomia
decidindo onde e quando
e filamentos da terra
continuando a sua
construção
severa

lina

nessa trave ainda antiga
que eu vi um edifício alto
como uma máquina
implorando uma pena
talvez eu saiba abrir
aquela última janela ali
...a lua

o tempo acontece com a palavra saudade

as formas menores como a água
acumulam lembranças
dizem que as palavras quando medem
o tempo amenizam o cansaço
perde – se orvalho fora de casa
expondo -se à umidade daquele seixo
como se o pensamento fosse
com um filme fotográfico
longo a atravessar
e em volta dele
teu

algumas vezes

me disseram que teus olhos
se perderam quando alguém os guardou nas conchas
para ser a razão de ser de uma cidade
sua voz ficou na mão de outra pessoa
que queria que as pessoas parecessem uma orquestra
me disseram ainda que você toca o hemisfério
como uma janela de leite
e que você possui a relva
mesmo com o pouco ar encharcado

já são quinze anos

se pudesse se aproximar do ventre
a água viraria sopro
e uma lágrima
que um soro aproveitaria – me
se viesse o vagalume
na sua liberdade de iluminar
sem precisar iluminar
e se as mãos desobrigassem
algum relento

não precisa tanto

se o mar secar
ele não será profundo
como antes
se não mergulhamos mais
nas coisas
quando o fio do leite condensado
se separar da colher
e ficar mais fácil entender
que mastigar

o primeiro poeta disse não

não é de causar estranhamento
ou erosão nos olhos
ou febre no caviar das mãos
a oscilação das calçadas
desde sempre
a poesia foi apenas parte
de uma linguagem cotidiana
mas ela sabe de cor tudo
que existe dentro
isso porque ela diz uma coisa
e faz outra

indício

nesse buraco
estava todo o dia
o sol se pondo
mais um amor que
poderia ser salvo
o olhar que funciona como
uma criança e é curvo
igual a cidade

ao redor

o edifício é
o molde do vazio
fundo como outro
seu preciso instante
que por esse vão
planto

belvedere

o
homem
que
é
um
parágrafo
na
possibilidade
de
um
conflito
tira
expressões
da
face
não
faz
cara
de
paisagem
mas
desce
até
os
pés
a
vista

pedras sublinhadas por ondas

os dedos estão pluviais
como um templo
eu tirei a camisa para ver se
havia um cruzeiro do sul no peito
o corpo tem mais funções
que se é possível
pode ser uma fechadura
uma válvula que abre
por engano
pode–se chegar ao chão
como um coração que não termina

independente disso

o porteiro: queria trabalhar num edifício que subisse o céu

o mendigo: mas para que tanto

o porteiro: eu não sei... só sei que teria formato elástico e esticaria como uma seringa... protegeria toda a humanidade

o mendigo: você tem pensamentos demais...você consegue sentir as aves intermináveis protegerem teu peito

o porteiro: ó sei terminar as margens de um coração

o mendigo: você sabe o coração se estabelece como lâminas...ferrugens e outros significados sem bússolas... tal qual essas desordens das mentes saudáveis

o porteiro: e para que serve um coração sem bússola

o mendigo: não sei...ele é parecido com os sovacos ...não têm função aparente...eles apenas cobrem as orlas de películas e climas secos de inverno eles ajudam garotas loucas a recomeçarem cidades dissolvendo marquises em ventos

VAZIO

do cordeiro dos
meninos, ao urro negro

da mãe que andava de
encontro ao filho

crucificado no poste
teleférico?

[Salvatore Quasimodo]

fotografias iluminadas

lentamente a luz reparava azulejos
as mãos das crianças dormiam no mel
a respiração resignada pela chuva
como veleiros num olho morto
apenas sombreavam cordeiros
etéreos os países consumiam alfazema
namorados ousavam as estrelas
úmidos da terra
cinturas leves o rosto de um menino
abandonado na rua
ampliava

um lugar aberto que não seja um vazio

passagem entre um trem e outro

escrevo como se eu precisasse morrer a cada palavra
como se eu desenhasse madressilvas com a bile
serviria mais teus olhos em sangue poderem ler
                                                  [um mínimo poema
deceparia um dedo em cada verso se pudesses me ler
se possível fosse dar uma frase
cada verso é a hélice de um drone é possível o poema
observar o homem como o homem não o observa
comovido e sacrificado
aos poucos entornar-se inesgotável
às asas de um filho morto

a partilha dos ossos

o malte é o cimento silencioso das linhaças
a primeira urbe que a bainha dos teus olhos
puderam ver
dentre outras coisas miríades
carinhosas índias desciam o tempo
que a doce amargura da tua manhã
era café e redigia um excesso de sede
a velhice das quilhas no mar

fiz dos olhos lentes de tubarão

sei dos antigos
as quinas das cassiopeias
estão nas cifras botânicas
e nos compassos de navegação
e no lugar que tem o amor
no fim não tem ninguém

o corpo dos animais

o consolo do trompete
semelhante a um único continente
fosse possível fazer um pássaro chorar
o lastro da memória humildemente
vive só
entre um anis e outro
o tempo faz o amor andar
com pedras presas às costas
no sagrado êxodo dos homens

um poema morre

o orvalho caiu de joelhos para sempre
lido o silêncio as coisas mais caras
ganharam artérias
a pluma guardava um anzol e entregava aos
homens o sofrimento dos peixes
a poesia usa a enxada no ar
eu queria ocupar o lugar de uma palavra
queria tirar lágrimas de um saco plástico

eu nunca fui à praça

hoje dormirei com o organismo aberto
peguei a cave de um dia longo costurei a pele
abasteci – me de líquidos para superar a gávea
esta era a única maneira de encontrar a felicidade
esmagando pérolas
passo as semanas iludido como se estivesse alguém
à minha frente
compartilhando pinhas

céu

dependendo dos dedos
com que se colhe uma cidade
seria possível aparar os mananciais

acolha – me com mercúrios
suja – me com seiva puída
cidades não possíveis aos olhos

à beira do irmão a mãe incidia
aberta
o cheiro o ralo

menino quando não se conforma
não chora
pensa de forma materna
sabe que o vazio é uma espiral
sente melhor a paz nalgum perfurado riso

vida primeira

tua existência será rara
da simplicidade verá um único peixe
colherá com uma rede a superfície
tua garganta lembrará sifões
será curva e dará resposta à vazão
para a beberagem
e o álcool será uma filha querida
você consumirá a água de um túmulo
a natureza será inexata por um instante
e você amará borras imaculadas
como um anfíbio ou uma tatuagem indígena
você será teu sangue glacial

habitação peculiar

deixei um anel debaixo da língua
e uma tristeza ao redor da luz
o mal não pode ser atribuído às plumagens
é difícil apelidar a noite
imigrante de proximidade nova
a cidade estará tremilicando
à borboletas pela manhã
e eu chegarei humano
numa ausência pousará folhas

não sei se mereço tudo isso

meus ossos levavam caibros à estiagem
e depois partiam
uma atmosfera queimada
que fazia os movimentos possíveis
não trincava figos ou pães
sequer modificaram lábios a alma
não tenho essa sensibilidade nos pés
trepar luas em perfumes puros

eu não sei como ajudar um conto

tenho um intuito com javalis
monólogo ausência segredo peregrinação
empenho – me a fazer – lhe intervalos
o elogio depende do sentido que se dá às calhas
a quantidade de alegria que se vê no escoadouro
você tem consoantes nos cabelos
fizeste – me conhecer por teus semelhantes
você fala simples como os magos
porque não eu posso te amar
não precisar fechar os olhos quando
morrer dentro de uma árvore seria bom
duvidar que uma estrela é uma criança com fome

natureza morta e elefantes batizados com água boricada

escorria um pouco de sumo do rosto
de uma das árvores
seus troncos simulavam nus artísticos...
com asfalto desenhei arbustos numa centopeia
depois uma cicatriz para lhe mostrar o que é mundo
som oxidado de bairros incendiados

talvez à natureza falte o tédio
cromo que de óleo o homem se engordura
palavras isoladas

este preciosismo de puras hortaliças
presas no cercado

a pele deveria ter uma nova função
amigos levavam papelão para poder
colocar o bebe a dormir
o homem de joelhos
com a cabeça nas mãos em frente à cruz
que havia cravado no canteiro
isolava – se para contemplar o desespero
como se matasse velhos sábios a cada momento
apesar da informática que da natureza celebra águas
vale mais observar como toca
a estrutura a laje
o soneto que o rio afasta guarda – se no mar

cantaria

carrego um corpo nos ombros
como se fosse um violino
não se perde uma vida sem
tocar uma marcha
que imita uma revoada
e traz entre muitos amigos
apetite

o homem não foi decorado

igual uma menina que
fazia óleo diesel
para suas ferramentas
eu vivi eternamente raspando
pregos nas mãos
uma velhinha que colava cupins
nas costas da íris
será a eternidade
uma espécie de memória sozinha

canção pouca e religiosa

meus poemas perto de uma presença humana nada mais são que cartas de criança onde o que se salva é a inocência...catulo escrevia seus assentamentos debaixo de um limoeiro entre cummings e éluard sal grosso galho seco e a neve para se cobrir celan picotava das corredeiras para fazer caldo e banho maria... meu sonho era que este corredor de eterno mormaço e pixels infelizes me levasse a um arranha – céu envidraçado de antúrios marfins

olhar fluorescente

pintei meu corpo com frutos do mar
e estranhas impressões de jardins e escamas
cada flor era um peixe nativo de escuras cavernas
que não conheciam outra visão senão o esqueleto
desumano das águas geladas
nada como ter um coração inseparável
e o começo de chuva para saber que o tempo
não é matemático mas biológico e há diversas espécies
de peixes andando sobre o fio das árvores

a estrutura humana

depois...me sujei como um curativo
o sangue era um hábito curioso
tornava – se açúcar queimado
na paisagem
meus olhos desapareceram
locomotivas minando o areal
um ente seduzido por um tipo
de alumínio que amolecia dores
e não funciona

somente alguém que espera

o dia estava perto demais
seus poros formavam húmus
que se tirava aos punhados
ao redor líquens
desprovidos de música
a lembrança úmida do sereno
não parecia resiliência
o certo é o céu desenhar
nuvens mais difíceis

os olhos vegetam tu

a cidade é como uma gêmea
que se poderia carregar pela boca

não tem como usar um rio para ver
e não doer

norte

é a água
abrirá a capela dos olhos
igual o carbono

como descrever o oceano

o céu não sabe que agasalha
a terra
sente pouco
o ar que atravessa sua distância
e não volta atrás
para ver se esqueceu
alguém ventar

guardar

a não ser
cada qual acontecerá
passeando mínimos pequenos
mistérios adulterados
por estrelas
                    que não vem

eu não quis fazer você chorar

sombras têm
recortado das pedras
equilíbrio e estruturas habitáveis
se demorasse o junco
o mundo não iria acontecer
eu mudaria seu nome de juventude
para memória

o dia nasceu raízes

lapidei com carinho
os sais desiguais
que não possuem mais título
para suas considerações
o olho é uma cordilheira
e tem o compromisso
de acordá-la sem
qualquer vaso
aquela praça parece
a mão de um vagalume
e eu me emocionei
com o seu edifício
por que ele acreditava
ser possível
amainar as manhãs

é possível roçar num círculo

você pode fazer vigília como faz o sistema solar
e ele ainda estará lá sentando numa posição sincera
atravessando – se toda vez como faz um triatleta
mas é triste não poder guardar as coisas na esplanada
ou onde dá pé
porque os homens não têm saudade do solo

auto relevo

entortei um dialeto engenhosamente
de muito inventar máquinas de fazer
planícies e calmarias
entulho suplicando entulho
conduz a água
esfarinhei tantos dedos
e os rochedos são as cartas do tempo
injetei desespero na veia
de uma sujeira cavando uma vala
que uma quase infância
descia a uma depressão

folhas tropeçam na relva

durmo e ainda vejo
águas correrem atrás de mim
talvez haja uma nascente ao lado dos sonhos
talvez eu chore eternamente até as aves fugirem
e acorde sem idade
e sem qualquer pai
assim de uma alguma estupidez
alumio ainda mais a primavera
e quem sabe haja um amor por perder notícias
talvez haja o amor aqui
e eu só tenha folhas de bananeiras para lhe deitar
porque no fundo eu não sei
qual a sua verdadeira imagem

entre fios

marido:você deitará sobre o vinho
a lua será teu passeio durante a minha vida
te amarei de forma vermelha e você saberá a tese
de um amor
como os verdadeiros índios caçando crocodilos
o negro dos teus cabelos cutucará um pouco de flor
a ausência sofrerá com agulhas de tricotar costuraremos
um tecido cheio de encostas
eu serei uma casa de olhos grandes e pelúcias
entreabrirão canaviais
a terra caberá um véu
voz: mate – se
esposa: me deixa descansar um pouco
...falando consigo mesma...queria me desfazer como
um edifício
implodido sou uma regra amarga na tua
história agora queria morar numa casa mais triste mas
de uma tristeza diferente da loucura que me enfeita
me toma

em pequenos condomínios não sou
mais parte de algo é por demais constrangedor
uma química radioativa me consome
o sangue me resseca
queria ser triste como os pedidos de natal
das crianças órfãs ao
menos tem uma doçura ali
marido:...volta ao quarto...durma bem...e lindos sonhos
esposa: obrigada...ainda falando consigo...
sonhos são depressa demais
queria uma vida de simples começos
voz: mate – se mate – se esse mundo não para ti
você olha em outro
lugar olha com lodos nas pálpebras você
é uma sombra de
máquinas mortas fala como os infelizes
você não tem ternura
nas mãos apenas ramos retorcidos como
a palavra amargura
esposa: apaga a luz por favor e fecha a porta...
marido:está bem amor
filha: e a mamãe?

marido: mamãe foi dormir...vai deitar também
amanhã você terá um
longo dia...
filha: fala com um maço de cartas nas mãos...
papai com que tamanho
a tristeza toca um coração...
marido:não sei... talvez seja com o tamanho de
uma haste sem fim ou
de corpos debruçados no que mais se teme
talvez seja como um
rosto indeciso um deslocar de aves vento
caminho dormentes
de um trilho sem uso o último desgaste da maré
ou apenas com
o tamanho de uma ferida...de uma pele morta...
ou tenha um tamanho de silêncio esquecido....

dedico este livro à minha família

SUMÁRIO

Este livro foi impresso em tipologia Georgia e AvantGarde sobre
polen 80g pela Kotter editorial na primavera de 2019.